JULIANA MINOTTI

O "NÃO" FURACÃO

ILUSTRADO POR JUNIOR MARQUES

Editora Appris Ltda.
1.ª Edição - Copyright© 2025 da autora
Direitos de Edição Reservados à Editora Appris Ltda.

Nenhuma parte desta obra poderá ser utilizada indevidamente, sem estar de acordo com a Lei nº 9.610/98. Se incorreções forem encontradas, serão de exclusiva responsabilidade de seus organizadores. Foi realizado o Depósito Legal na Fundação Biblioteca Nacional, de acordo com as Leis nºs 10.994, de 14/12/2004, e 12.192, de 14/01/2010.

Catalogação na Fonte
Elaborado por: Dayanne Leal Souza
Bibliotecária CRB 9/2162

M666n
2025

Minotti, Juliana
   O "não" furacão / Juliana Minotti ; ilustrado por Junior Marques. – 1. ed. – Curitiba: Appris, 2025.
   28 p. : il. color. ; 21 cm.

   ISBN 978-65-250-7621-8

   1. Psicologia infantil. 2. Orientação parental. 3. Depressão infantil. 4. Virtudes. 5. Temperança. 6. Fortaleza. 7. Psicoeducação. I. Minotti, Juliana. II. Marques, Junior. III. Título.

CDD – 155.4

FICHA TÉCNICA

EDITORIAL	Augusto V. de A. Coelho
	Sara C. de Andrade Coelho
COMITÊ EDITORIAL	Ana El Achkar (Universo/RJ)
	Andréa Barbosa Gouveia (UFPR)
	Jacques de Lima Ferreira (UNOESC)
	Marília Andrade Torales Campos (UFPR)
	Patrícia L. Torres (PUCPR)
	Roberta Ecleide Kelly (NEPE)
	Toni Reis (UP)
CONSULTORES	Luiz Carlos Oliveira
	Maria Tereza R. Pahl
	Marli Caetano
SUPERVISORA EDITORIAL	Renata C. Lopes
PRODUÇÃO EDITORIAL	Maria Eduarda Paiz
REVISÃO	Bruna Fernanda Martins
PROJETO GRÁFICO & ILUSTRAÇÃO	Junior Marques
REVISÃO DE PROVA	Ana Castro

Editora e Livraria Appris Ltda.
Av. Manoel Ribas, 2265 – Mercês
Curitiba/PR – CEP: 80810-002
Tel. (41) 3156 - 4731
www.editoraappris.com.br

Printed in Brazil
Impresso no Brasil

O "NÃO" FURACÃO

Cada um é feliz na medida que faz e cumpre a sua missão. A felicidade só resulta do cultivo da virtude.

(Aristóteles)

Agradeço a Deus e à Maria Santíssima, por todas as graças e dons.

Em especial, agradeço ao meu marido, Emerson, que é meu grande incentivador em todos os meus projetos e o melhor pai do mundo.

Aos meus avós, Arnaldo (em memória) e Maria Apparecida, pois eles sempre me ensinaram o valor de uma vida virtuosa. E a meus pais, por se fazerem sempre presentes em minha vida.

E, é claro, a meus filhos, que são a fonte de todas as minhas inspirações.

A todos os pais e mães que se dedicam para que seus filhos sejam verdadeiramente felizes.

Era uma vez um menino muito falante.

Ele era tão falante que conversava com seus vizinhos, com o motorista do ônibus e até com os passarinhos na janela.

Era também cativante, vivaz, brincalhão e, por isso, entretinha a todos, que para não o chatear acabavam satisfazendo todas as suas vontades:

— Mamãe, posso comer um chocolate?

— Sim, tesouro!

— Vovó, a senhora me compra um sorvete?

— Sim, meu amor!

— Titio, eu queria tanto um videogame...

— Sim, pimpolho!

E assim ele foi crescendo, junto às suas vontades que eram cada vez mais insaciáveis. Inclusive, ao invés de estudar ele preferia o celular.

Certo dia, conheceu uma nova vizinha, uma linda mocinha chamada Cecília, muito educada, inteligente e aplicada.

O menino falante logo se interessou:

— Uau! Era o que faltava para me completar... É com ela que vou namorar!

E sem pensar muito no caso, foi logo a paparicar.

Mas Cecília, muito sabida, logo se incomodou e dela ele ouviu algo que nunca pensou:

— Não, garoto irritante, antes de namorar você tem muito ainda a desabrochar.

O menino falante calado ficou e parecia que seu mundo todo se abalou. De repente um furacão no horizonte se formou e tudo à sua volta se transformou: o que antes era verde, agora ficou cinza... o que antes era doce, agora ardia a língua... antes ele tinha muitas ideias na cachola, mas agora as ideias foram todas embora.

O menino falante, que agora era calado, foi para casa muito assustado. Em seus pensamentos havia somente uma questão:

— Como era possível que Cecília, a menina sabida, lhe tivesse dito não?

O menino agora não era mais tão cativante assim e mal-humorado se tornou. Irritado, para ele nada mais estava bom. Nem com o celular queria mais brincar... todos perceberam que algo não estava bem, e ele não conseguia entender a situação também.

Até numa loja de doces sua mãe o levou:

— Escolhe, meu filho, que eu te dou!

Mas o garoto não tinha mais alegria e parecia que a vida não mais valia.

Ela contava estórias, iguais a esta aqui, por meio das quais ele começou a entender e voltou a sorrir.

As flores voltaram a ser coloridas e até os pássaros voltaram a cantar... aos poucos tudo foi voltando ao seu devido lugar.

Foi assim que ele entendeu que estava acostumado a só ouvir "sim", e que não era o fim do mundo não ser correspondido. Muito pelo contrário, o "não" tornou-se seu amigo e já não era mais um furacão enfurecido.

O mais interessante foi que ele aprendeu que para ser forte precisa se exercitar, mas não só os músculos dos braços ou das pernas, não só era necessário correr para cá e para lá. Ele aprendeu que para ser forte do pensamento também precisava exercitar a sua vontade, pois toda vez que dizia "sim" para os seus desejos, mais fraquinho e dependente deles ficava. Mas quando mesmo com muito desejo ele dizia "não", se tornava forte e sabidão:

"Não, obrigado" para o doce antes do jantar...

"Não" para a preguiça de estudar...

"Não, obrigado" para o celular a toda hora...

"Não" para a reclamação...

Desse jeito o menino falante voltou, porém muito mais feliz e satisfeito, pois entendeu que o mundo não cabia todo no seu peito.

Aprendeu uma lição muito importante:

— Não preciso ter tudo e nem tudo me convém! Ainda estou aprendendo, mas sei que assim viverei bem!

AOS PAIS E/OU AOS RESPONSÁVEIS

A estória utiliza a metáfora do furacão para representar o turbilhão emocional que o protagonista enfrenta ao ser contrariado. Essa representação tem o objetivo de traduzir a intensidade dos sentimentos que a frustração pode causar facilitando que as crianças possam visualizar e se identificar com o personagem. Além disso, o livro aborda temas essenciais no desenvolvimento infantil, como o equilíbrio entre os desejos e as responsabilidades, a aceitação das limitações e a importância do autocontrole. A lição central é que o "não" faz parte da vida e, longe de ser destrutivo, pode ser um caminho para a maturidade e para uma vida mais equilibrada e saudável.

A VERDADEIRA EDUCAÇÃO POSITIVA EDUCA PARA AS VIRTUDES

A dificuldade em estabelecer limites claros para os filhos é um dos maiores desafios das famílias contemporâneas. Muitos pais temem que negar um pedido possa causar sofrimento à criança ou acreditam que ela deve ter tudo o que deseja. Essa crença, no entanto, é um equívoco.

É no seio familiar que a personalidade da criança se forma e se desenvolve. Ao negar um pedido ou impor um limite, os pais estão, na verdade, ensinando à criança a lidar com frustrações, a importância das regras e, sobretudo, a conhecer e forjar o próprio caráter. É fundamental que os pais sejam consistentes em suas ações e estabeleçam regras claras e justas, de forma que a criança compreenda os limites e as expectativas. A disciplina deve sempre estar acompanhada de muito afeto e diálogo, para que a criança se sinta segura e amada.

A formação da personalidade da criança depende diretamente da influência dos pais. A constância, a estabilidade emocional, a rotina bem definida, um ambiente amoroso e alegre, e o equilíbrio entre as exigências e a afetividade transformam e propiciam as condições básicas para o pleno desenvolvimento da criança. Ao oferecer um ambiente seguro, amoroso e com limites claros, estamos preparando nossos filhos para enfrentar os desafios do mundo com mais segurança e resiliência. Investir na educação dos filhos, desde a primeira infância, é um presente para toda a vida.

DICAS PRÁTICAS

As virtudes como a prudência, a temperança, a fortaleza e a justiça preparam nossos filhos para enfrentar os desafios da vida com mais sabedoria:

· **Prudência:** ao ensinar a criança a ponderar as consequências de suas ações e a escolher a melhor opção, estamos cultivando sua prudência. por exemplo, ao ajudá-la a distinguir entre o certo e o errado, estamos incentivando-a a tomar decisões conscientes.

· **Temperança:** ao estabelecer horários regulares para as refeições e ensiná-la a comer de forma equilibrada, estamos cultivando a temperança. Essa virtude a ajudará a desenvolver um relacionamento saudável com a comida e a evitar excessos, seja na alimentação ou no consumo de bens materiais.

· **Fortaleza:** ao incentivar a criança a persistir em suas tarefas, mesmo diante de dificuldades, e a enfrentar seus medos, estamos fortalecendo sua determinação e resiliência. Por exemplo, ao participar de um esporte ou aprender um novo instrumento musical, a criança desenvolve a capacidade de superar obstáculos.

· **Justiça:** ao ensinar a criança a ser honesta, a respeitar as diferenças e os mais velhos, estamos promovendo a justiça e a empatia. Ao ajudar os outros e a resolver conflitos de forma assertiva, a criança aprende a importância da fraternidade.

Ao cultivar essas virtudes desde a infância, estamos oferecendo aos nossos filhos ferramentas valiosas para construir relacionamentos saudáveis, tomar decisões responsáveis e viver uma vida mais plena.

SOBRE A AUTORA:

Juliana Minotti é psicóloga e autora de livros infantis e de desenvolvimento pessoal. Vive em Araraquara, São Paulo, com seu marido e filhos. Ela é mãe da MaJu, do Leo, do Lucas e do Miguel (seu bebezinho que mora no céu). Ama e escreve poesias desde criança e sempre sonhou em ser escritora e ajudar as pessoas a serem mais felizes. Este é seu terceiro livro publicado e ela pretende escrever muitas outras estórias. Há mais de 15 anos, atua como psicóloga e ajuda pessoas com transtornos de ansiedade a viverem com mais autocuidado e sentido em suas vidas.

Pós-graduada em Psicoterapia Comportamental, em Psicopedagogia Clínica e Institucional e Psicologia Tomista, está em constante busca por aprimorar seus conhecimentos e técnicas. Entre suas obras, destacam-se: **Descobrindo o meu temperamento** e **Lá na terra do contrário.**

SOBRE O ILUSTRADOR:

Junior Marques é ilustrador, com ênfase em design de personagens e composição de livros infantis, além de possuir um vasto repertório de técnicas, que transitam do analógico ao digital. Aprendiz de grandes nomes da ilustração, ele está sempre evoluindo para trazer as mais belas composições para os pequenos e grandes leitores. Começou a desenhar desde pequeno e hoje conta com dezenas de obras publicadas no Brasil e no exterior. Acredita que suas ilustrações têm o poder de despertar a alegria no coração das pessoas. Nas horas vagas, arrisca-se como músico e ama um bom videogame.